Etliche Ungereimtheiten im Alltag des Christen sind mit seinem Glauben unvereinbar – manche mogeln sich so durch. Ich beobachte fromme Übertreibungen, selbstgerechtes Kritisieren, Schuldzuweisungen, faule Verhandlungen mit Gott und andere unerlöste Verhaltensweisen.

Da wir mit Humor vieles ertragen und ich gern provoziere, habe ich bereits vier Bände mit „gereimten Ungereimtheiten" über diese Schwächen gefüllt. Das Unverschämteste daraus liegt vor Ihnen. Falls Sie sich wiederfinden, tut es mir nicht leid. Es ist gewollt!

Jörg Müller

ISBN 978-3-7984-0836-4
Cover: Florian Huber, Thalhausen

Printed in Germany

Jörg Müller

Best of »Ein Christ«

Gereimte Ungereimtheiten

Illustriert von Florian Huber

J. F. Steinkopf Verlag

BETEN

... ist so eine Sache. Die einen quasseln Gott so zu, dass er nicht zu Wort kommt. Die anderen lassen es ganz sein, weil er ja doch nicht hört. Und dann gibt es solche, die den lieben Gott alles tun lassen, nicht aus blindem Vertrauen, sondern aus Bequemlichkeit. Bisweilen erweist sich der Allmächtige als sehr humorvoll.

Angst

Ein Christ hat vor, sein ganzes Leben
dem lieben Gott zu übergeben.

Und während er so überdenkt,
wie's wär, wenn Gott sein Leben lenkt,
erschrickt er, denn es fällt ihm ein,
die Zukunft könnte freudlos sein.
Zu oft sagt man von Gottes Wegen,
sie seien eng und ungelegen.

So distanziert er sich vom Herrn
und bleibt ihm gern ein bisschen fern.

Ora et labora

Ein Christ entzieht sich oft dem Tun,
weil er zu faul ist; er will ruhn.

Stattdessen aber betet er,
obgleich das Handeln Beten war.

Der Unterschied

Ein Christ kommt nicht zum Beten mehr,
weil ihn die Arbeit allzusehr
in Anspruch nimmt.

Ein andrer hat denselben Grund,
doch betet dieser eine Stund
und alles stimmt.

Naives Gottesbild

Ein Christ fährt mit dem Rad zur Stadt,
weil er was zu besorgen hat.

Nachdem er seinen Einkauf tat,
geht er nach Haus, doch ohne Rad.

Da fällt ihm plötzlich siedend ein,
sein Fahrrad könnt gestohlen sein.

Schnell eilt er in die Stadt zurück
und findet es zu seinem Glück.

Er geht zur Kirch nach diesem Schreck,
dankt Gott, kommt raus, das Rad ist weg.

Pragmatisch

Ein Christ, dem's Beten nicht gelingt,
weil er sich fragt, was es ihm bringt,
nähm leicht und sportlich diese Hürde,
fragt er, was Gott es bringen würde.

Endzeit

Ein Christ weiß, dass am End der Zeiten
die Christen sich nicht mehr verbreiten.

Auf Quantität kommt es nicht an.
Auch eine kleine Herde kann
als Salz der Erde viele retten;
ne Handvoll Beter ist es. Wetten?

Loslassen

Ein Christ mit Ängsten und mit Sorgen
lebt stets in Kummer wegen morgen.

Und von der Wiege bis zur Bahre
ist nun sein Leben voller Jahre.

Tät er die Sorgen Gott abgeben,
wärn seine Jahre voll mit Leben.

Entrückt

Ein Christ hebt sein Gefühl empathisch
zu Gott empor und charismatisch
hat er die Arme hoch erhoben,
um seinen Herrn, den Boss, zu loben.

Damit er kann sein Gebet genießen,
tut er die Augen schließen
und ist minutenlang entrückt
und, wie gesagt, vom Boss entzückt.

Da – die Antenne ist weit oben –
beginnt in Sprachen er zu loben
und sich allmählich zu erheben,
um charismatisch zu entschweben.

Die Nachbarn aber, sie erleben
recht erdverbunden dieses Schweben
des frommen Beters, und sie holen
ihn wieder runter – Gott befohlen.

Ein Christ kann auch mit beiden Füßen
am Boden stehend Jesus grüßen.
Drum soll er stets im frommen Rahmen
die Erdung nicht vergessen. Amen.

SCHULD UND VERGEBUNG

... sind zentrale Themen des Menschen. Viele Krankheiten und Frustrationen entstehen aus unverarbeiteter Schuld und Kränkung. Versöhnliche Menschen leben zufriedener und auch länger. Hat man festgestellt. In meiner Praxis als Psychotherapeut und als Priester spielt die Vergebung eine große Rolle.
Ohne sie gibt es keine wirkliche Heilung.

Augenlider

Ein Christ – ein Mönch – hat sich versündigt,
doch wird ihm deshalb nicht gekündigt.
So tritt ein Mitmönch hin zum Abt
und sagt, nachdem er Luft geschnappt:
„Du strafst ihn nicht? Ich sehe täglich,
wie er versagt. Das ist unsäglich.
Ich habe Augen ja im Kopf!"

„Ja", sagt der Abt zu diesem Tropf,
„auch ich hab Augen hin und wieder;
vor allem aber Augenlider!"

SCHULD

Der Schuldkomplex

Ein Christ wagt nicht aus Schuldgefühl,
sein Leben zu gestalten.
Man tadelte zu oft und kühl
sein kindliches Verhalten.

Man sagte ihm, er könne nichts,
ins Grab brächt er die Seinen.
So litt er unter dem Gesichtsverlust
und musst oft weinen.

Jetzt ist er nicht imstande mehr,
Gefühl und Schuld zu trennen.
Er musste stets, und das zu sehr,
unschuldig Schuld bekennen.

Selbstbestrafung

Ein Christ, dem's gut geht lange Zeit,
befürchtet plötzlich wieder Leid,
das Gott zum Ausgleich schicken könnt,
weil der vielleicht ihm nichts vergönnt.

In Wahrheit straft aus Schuldgefühl
er selber sich. Ein dummes Spiel.

Verletzung

Ein Christ, der andere entsetzt,
indem er sie gar tief verletzt,
ist selbst in seiner Seele wund.
Drum sei ihm diese Lehre kund:

Nur wer vergibt, ist auch versöhnt;
er trägt nicht nach und er verhöhnt
den Gegner nicht, weil er ihn schätzt;
denn auch der andre ist verletzt.

Die Beichte

Ein Christ will seine nicht sehr leichten
Sünden in der Kirche beichten.
Und geht zu einem Gottesmann,
der, wie man sagt, kaum hören kann,
und flüstert ihm ins taube Ohr:
„Taramtata, taramtator."

Kaum sprach er diese simplen Worte,
erschallt es durch das Gitter forte:
„Taramtata, taramtati,
der Taube sitzt heut vis-à-vis."

Wagnis

Ein Christ, der zwanghaft akkurat
die Sünde meidet, tut sie grad.

Drum sollte er das Leben wagen;
denn die Verbissenheit macht krank.

Der Herr hat alle Schuld getragen,
auch die von morgen. Gott sei Dank!

Besiegt

Ein Christ, der in der Sünde fällt,
steht wieder auf, wenn auch geprellt.

Doch mancher hat den Aufstand leid
und ist zu kämpfen nicht bereit.

So fällt er hin, und weil das Siegen
ihm gar nicht liegt, bleibt er gleich liegen.

Doch schlimmer als das Fallen ist
das Liegenbleiben eines Christ.

Bis zum Jüngsten Gericht

Ein Christ bekämpft heimlich und still
im andern, was er selbst gern will.
Und indem er erdichtet,
was den anderen richtet,
will er in seinem eigenen Leben
unerlaubtes Wollen und Streben
vertuschen, ohne es zuzugeben.
So entsteht das Gerücht.

Der arme Getroffne verteidigt sich sehr,
doch „getroffene Hunde bellen noch mehr".
Und schweigt er,
so weiß der Volksmund am End
auch hierfür ein Sprüchlein:
„Schweigen bekennt."
So übt er Verzicht.

Das Gerücht wird Gericht.
Und da ein jeder heimlich und still
im andern verurteilt, was er selber gern will,
bleibt das Gerücht mit vollem Gewicht
erhalten bis zum Jüngsten Gericht.

KRANKHEIT UND LEID

… treiben die Menschen um. „Warum lässt Gott das zu?" An dieser unbeantworteten Frage scheitern etliche. Doch kann Leid uns näher zu Gott führen: mit der Einsicht, dass es einen tiefen Sinn hat, der sich erst sehr spät erschließt. Keinesfalls ist Krankheit eine Strafe Gottes. Wir können daran wachsen.

Jein

Ein Christ, von Depression geplagt,
hat lebenslänglich JA gesagt.
Ihm wurde mit Gewalt und Macht
sehr früh Gehorsam beigebracht.
Jetzt ist er krank. Und die Moral:
Ein Leben ohne NEIN ist Qual.

Ein anderer hat es gewagt,
stets NEIN zu sagen, und es nagt
die Einsamkeit in seiner Brust
und der Verlust der Lebenslust.
Da drängt die Frag sich auf: Ein JEIN
könnt eventuell die Lösung sein?

Die heilige Last

Ein Christ klagt,
dass ein Schmerz sich strecke
auf der gesamten Schädeldecke.
Der Arzt empfiehlt ihm, nicht zu hasten,
nicht Wein zu trinken, mehr zu fasten,
sofort das Rauchen aufzugeben.
„Dies“, sagt der Christ, „hab ich im Leben
genau befolgt: Ich rauche nicht,
trink keinen Wein, üb stets Verzicht.“

„So“, meint der Arzt nicht sehr beglückt,
„dann ist's der Heilgenschein, der drückt!“

Kerngesund

Ein Christ ist krank. Doch trotz der Pillen:
Er bleibt es auch beim besten Willen!
Selbst die Gebete helfen nicht.
Doch dieser Tatbestand, der ficht
ihn gar nicht an; er bleibt Gott treu
und orientiert sich an ihm neu.

So lautet schließlich der Befund:
Die Schal ist krank, der Kern gesund.

Organsprache

Ein Christ hat manchmal Ärger auch.
Der Zorn, der sitzt ihm tief im Bauch.
Der Blutdruck steigt, er kocht vor Wut,
die Haut schlägt aus, weil er's nicht tut.

Sein Hals ist dick, er hüstelt still,
weil er schon lang was husten will.
Sein Herz ist eng, es drückt der Schuh,
die Nas ist voll, der Enddarm zu.

So ist er krank, weil er gekränkt
und was die Leute denken denkt.
Die Bibel sagt es: Schweigt dein Mund,
dann tun es die Gebeine kund.

Psalm 38

Heil durch Unheil

Ein Christ ist krank, wird nicht gesund
und forscht nun nach dem tiefen Grund.
Da im Gebet erkennt sein Herz
die wahren Gründe für den Schmerz:
Zum Ersten sieht er alles schief
und denkt von sich nur negativ.
Daraus ergibt sich zweitens dann,
dass er auch nicht verzeihen kann.
Er straft sich selbst und ihm wird klar,
was alles falsch gelaufen war.

Es ging ihm schlecht, und das war gut,
da Gott durch Krankheit heilen tut.

Perfektionismus

Ein Christ mit skrupulösem Leiden
will tunlichst jeden Fehler meiden.
Er gönnt sich nichts, ist sich nicht gut,
weil er vermeintlich Böses tut.
Er glaubt, sein Gott sei gnadenlos,
und macht durch Leistung sich nun groß.
So geht er mit Verbissenheit
beklommen in die Ewigkeit.

Heilung

Ein Christ ist krank und sucht sein Heil
beim Arzt und im Gebet zum Teil.
Doch nichts geschieht, und weil er wittert,
dass Gott ihn straft, ist er verbittert.

Dumpf ahnt er zwar, die wahren Gründe
befinden sich stets in der Sünde;
doch das verstärkt grad seinen Frust:
Er ist sich keiner Schuld bewusst.

Nach Jahren sucht er Gottes Willen
im stillen Schmerz doch zu erfüllen,
und stellt beschämend schließlich fest:
dass Gott durch Leid ihn wachsen lässt.

Ein Wunder ist an ihm vollbracht:
Die Krankheit hat ihn heil gemacht.

ÜBERTREIBUNG DES GUTEN

… macht das Gute nicht besser, aber den Menschen kaputt. Zu viele Fromme meinen, sich den Himmel durch Leistungen verdienen zu müssen – typisch deutsch. Manche suchen in ihnen einen Ausgleich für ihre Sünden. Dass Gott schenkt und verzeiht, fällt ihnen schwer zu glauben.

Sparsam

Ein Christ, der Angst hat vor der Sünde,
hat stets zugleich auch fromme Gründe,
sein Leben sparsam zu gestalten
und an Verbote sich zu halten.

Er wagt sein Leben nicht und neidet
den Sündern das, was er vermeidet.
So lebt er nicht und wird verzehrt
von dem, was er geheim begehrt.

Ausgleich

Ein Christ will auf die Leistung bauen,
er traut der Gnade nicht. Oh Graus!
Und gleicht den Mangel an Vertrauen
durch ein Zuviel an Opfern aus.

Die andere Sünde

Ein Christ ist sehr darauf bedacht,
dass er das Beten richtig macht.

So fängt er stets von vorne an,
wenn er sich mal nicht sammeln kann.

Wobei das Böse er nicht spürt,
das hier zur Übertreibung führt.

Misstrauen

Ein Christ hat ständig seine Sünden
vor Augen und will Ruhe finden.
So büßt er mit höchst akkuraten
Gebeten seine bösen Taten
und lindert seine Seelenqualen
mit Kerzen und mit Opferschalen.
Er ist zu glauben nicht bereit,
dass Gott bedingungslos verzeiht.

Verkennung

Ein Christ bemüht sich edlen Mutes,
nicht bös zu sein; so tut er Gutes,
indem er Wünsche eines jeden
Nachbarn erfüllt und auch jedweden
Anfall von Zorn im Keim erstickt,
wovon er schließlich Bauchweh kriegt.

So siecht er hin, der edle Christ,
dem eines gänzlich unklar ist:
Weshalb der Herr ihn, der so gut,
mit so viel Krankheit schlagen tut?
Und in Gedanken ganz verloren,
verspürt er wieder dieses Bohren.

Glaubenslicht

Ein Christ, der glaubt, ist stets bemüht,
ein Glaubenslicht zu sein, das glüht.

So muss er achten, dass er nicht
den andern blendet durch sein Licht.

Doch das ist selten; meist enttäuscht er
und zeigt sich schlicht als armer Leuchter.

Geschenk des Himmels

Ein Christ will in den Himmel kommen
aufgrund von Taten, von sehr frommen.

Es ärgert ihn, wenn jemand schwächer
als er ist: wie der rechte Schächer,
der ohne jede fromme Tat
zum Himmel kommt allein durch Gnad.

Denn unser Christ glaubt bis zum Schluss,
dass ein Geschenk verdient sein muss.

Verzicht

Ein Christ geht seinen Arzt befragen,
was er in seinen jungen Tagen
denn tun muss, um auf dieser Erden
sehr alt zu werden.

Der Arzt sagt ihm, er müsse wohl
auf Nikotin und Alkohol
verzichten, und auch fettes Essen
könnt er vergessen.

Der Christ sagt: „Stets hab ich Verzicht
geübt; ich trink und rauche nicht,
ess nur Gemüse, Obst und Möhren,
die mir gehören.“

„Und Freundin?“, fragt der Arzt noch gerne.
„Auf keinen Fall, das sei mir ferne!“
„Warum denn wollen Sie auf Erden
alt noch werden?“

GOTTESBILDER UND GOTTESERFAHRUNG

... sind immer wieder Themen, die Menschen berühren. Wer ein angstbesetztes Verhältnis zum Schöpfer hat, tut sich schwer, ihn zu erfahren. Dabei muss man nur in die Stille gehen, achtsam und feinfühlig sein, um die Zeichen des Himmels zu erkennen. Klar: Gott ist anders, als wir ihn manchmal sehen.

Der Empfang

Ein Christ kehrt heim als Missionar
und mit ihm auch ein Fernsehstar.
Als beide dann das Schiff verlassen,
da feierten die Menschenmassen
begeistert diesen Fernsehstar.
„Gott“, murmelt da der Missionar,
„der war nur kurz weg von zu Haus
und kriegt hier tosenden Applaus.
Bekomm ich, der ein Leben lang
ein Missionar war, kein Empfang?“
Da flüstert Gott ihm zu und meint:
„Du bist noch nicht zu Haus, mein Freund.“

Der Engel

Ein Christ wird früh am Morgen schon
im Schlaf gestört durchs Telefon.
Er steht nun auf, und wie im Traum
begibt er sich zum Nebenraum,
wo leicht verschlafen und verstimmt
am Schreibtisch er den Hörer nimmt.

In dem Moment gibt's einen Krach
gar fürchterlich im Schlafgemach.
Der Christ läuft eilends hin zu schaun
und kann den Augen nicht ganz traun:
Die Decke aus Beton fiel runter;
das Bett ist weg, er läg jetzt drunter.

Dem Christen wurde klar sodann:
Sein Engel rief ihn eben an!

Gnade

Ein Christ hat einst im Himmelshort
drei Gründe, die ihn wundern dort:
Zum Ersten, dass er Leut erblickt,
die er zum Teufel gern geschickt.
Zum Zweiten fehlen die Gestalten,
die er für Engel stets gehalten.
Am meisten aber wundert ihn,
dass auch er selber hier erschien.

Die Drohung

Ein Christ, vom Alter noch ein Kind,
geht abends heimlich und geschwind
in Mamas Speisekammer rein.
Dort locken Printen, zart und fein.
Er nimmt sich zwei aus Schokolade.
Da plötzlich kommt Mama gerade:
„Was tust du in der Speisekammer?
Gott straft die Diebe!“, schimpft die Mama.
„Er sieht dich jetzt. Was er wohl sagt?“

Darauf das Kind: „Ich hab gefragt,
ob er auch einverstanden sei.
Er sprach: ‘Wir sind allein. Nimm zwei!’“

Die Überraschung

Ein Christ wollt jenen Ort aufspüren,
wo Erd und Himmel sich berühren.

Er las davon in einem Buche.
So machte er sich auf die Suche
mit viel Entbehrung und Gefahr,
die solchem Tun zu eigen war.

Nach langer Suche und sehr viel
Strapazen kam er an sein Ziel:
Mit einem Male stand er vor
dem kleinen, schmalen Eingangstor.

Sein Herz, es pochte laut und flott;
denn gleich tritt unser Christ vor Gott.
Er öffnet, und er glaubt es kaum:
Er steht im eignen Arbeitsraum.

Ende mit Schrecken

Ein Christ, so nennt er sich, der ist
ein eingeschworener Rassist.
Er meint, und darin ist er blind,
dass alle Weißen Götter sind.
Da stirbt er plötzlich, und er steigt
zum Himmel auf, wo Gott sich zeigt.
Doch da wird sein Gesicht noch grauer:
Denn Gott ist schwarz und ziemlich sauer.

Blindgänger

Ein Christ erzählt, er habe sich
verlaufen und ganz fürchterlich
in einer Wüste nur aus Sand,
wo kein Kamel kam, das ihn fand.
So bat er in der großen Not:
„Gott, wenn du da bist, sapperlot,
dann hilf mir aus der Wüste raus,
ich möchte möglichst bald nach Haus!“

„Und hat er dir den Weg gezeigt“,
fragt einer, „war Gott dir geneigt?“
„Nein“, so der Christ, „denn kurz darauf,
da tauchten Beduinen auf.“

STREITEN

... können viele nicht. Eine Streitkultur wurde nie gelernt. Aus Angst vor Liebesverlust oder anderen bösen Folgen wird der Ärger geschluckt oder verschlüsselt. Das hat Folgen für die Gesundheit und die soziale Atmosphäre. Dabei hat Jesus oft genug gestritten und sich nicht vor Auseinandersetzungen gescheut. Man muss es lernen!

Meinungsaustausch

Ein Christ eilt ins Büro hinein
und will dem Chef die Meinung schrein.

Dann kommt er nach ner kurzen Paus
mit dessen Meinung wieder raus.

So sieht man wieder einmal mehr:
Der Meinungsaustausch ist nicht schwer.

Streitkultur

Ein Christ hält stets die Wange hin
im Glauben, dies in Jesu Sinn
zu tun als goldne Regel.
Er macht es ohne Unterschied,
und wenn er keine Chance sieht,
dann streicht er alle Segel.
So schluckt er Unrecht mehr und mehr.
Doch Jesus sagt auch: Streitet fair
und stellt euch diesem Flegel!

Lk 17,3: „Wenn euch jemand Unrecht tut, stellt ihn zur Rede. Tut es ihm leid, so verzeiht ihm."

Jedem das Seine

Ein Christ hat Streit mit einem Christ,
der mehr als nur katholisch ist.
Das ist nicht grade ungewöhnlich.
Am Ende sagt der Christ versöhnlich:

„Wir beide stehn demselben Herrn
zu Diensten. Und wir tun es gern.
Sie tun es, wie ich wirklich meine,
auf Ihre Art, ich auf die seine."

Falsche Demut

Ein Christ ist brav und angepasst,
und wenn ihn jemand schlägt und hasst,
hält er die Wange hin.

Nach außen wirkt er sehr stabil
und nichts, so scheint es, wird zu viel.
Er ist von edlem Sinn.

Doch er verdrängt, und weil er schluckt,
sich nicht zur Wehr setzt, niemals muckt,
spürt er's im Magen drin.

Man sagte allzu oft: „Sei still!",
im Fall, dass er sich wehren will.
Längst ist die Demut hin.

Es geht auch anders, und man kann es!
Kapitel 18 bei Johannes,
Vers 23 hat auch Sinn.

Joh 18,23: „Wenn ich Unrecht gesprochen habe, so weise es mir nach. Wenn nicht, warum schlägst du mich?"

Freiheit

Ein Christ entpuppt sich hin und wieder
als bürokratisch und sehr bieder.

Er orientiert sich äußerst streng
an Paragrafen und wirkt eng
und glaubt, es ging ihm an den Kragen,
würd er was Neues wagen.

Da ist der Mut zum Eigen-Sinn
und zur Blamage völlig hin;
zu viel an ihm ist noch von Saulus,
es fehlt die Freiheit eines Paulus

Kleiner Schritt

Ein Christ geht einen Weisen fragen:
„Was muss ich für den Frieden tun?"

Der Weise antwortet: „Nun,
die Tür nicht allzu laut zuschlagen."

KIRCHE

... ist für manche ein Reizwort. Für andere ist sie ihre geistliche Heimat mit etlichen Schwächen. Es menschelt auch in ihr. Immerhin ist sie über zweitausend Jahre alt und bedarf von Zeit zu Zeit einer Reform und Verjüngungskur.

Schlafmützen

Ein Christ erkennt, das Kirchenschiff
läuft geradewegs aufs Felsenriff;
nicht, weil der Herr im Schifflein ruht,
nein, weil die Mannschaft schlafen tut.

Umgekehrt

Ein Christ liest „Sturm auf See" im achten
Kapitel, wo die Jünger wachten,
und Jesus schlief ganz unbeschwert.

Das ist ja heute umgekehrt.

Erneuerung

Ein Christ erkennt durch das Gebet,
wie schlimm es um die Kirche steht
und was sie braucht zur Steuerung
der geistlichen Erneuerung:

Nicht Stänkerer, langweilige.
Sie braucht entschieden Heilige!

Heuchler

Ein Christ will nicht zur Kirche gehn,
um dort die Heuchler nicht zu sehn,
die allzu fromm am Sonntag tun.

Der Pfarrer hört's. Er sagt ihm: „Nun,
kein Grund zu flüchten, junger Mann.
Auf einen mehr kommt es nicht an!"

Verwaltung

Ein Christ muss heute nicht als Hirt
dem Schaf nachlaufen, das nicht irrt.

Er hat die neunundneunzig andern
zu suchen, die im Dunkeln wandern.

Man kann sich nicht damit aufhalten,
das eine Schaf stets zu verwalten.

Ausgleich

Ein Christ steigt aus der Kirche aus
und nutzt das schöne Gotteshaus
nur noch für seine Gäste.

Vom Glauben hält er nicht mehr viel;
doch passt ihm der barocke Stil
für Tauf- und Hochzeitsfeste.

So gleicht er seine Leere aus
und kommt liturgisch fein heraus
mit einer weißen Weste.

Zipfelkonferenz

Ein Christ an seines Lebens Gipfel
erkennt, dass jede Religion
nur Teilchen, bestenfalls ein Zipfel
der Wahrheit hat. Was ist das schon?

So schlägt er vor zwecks Konvergenz
ne Wahrheitszipfelkonferenz.

Altlast

Ein Christ, der nicht vergeben kann,
klagt seine Kirche ständig an.

So kramt er aus der Mottenkiste
die abgegriffne Sündenliste
von Kreuzzug und von Hexenwahn
und was die Kirche sonst getan.

Wie wär's, wenn ihm die eignen alten
Sünden würden vorgehalten?

Kirche unterwegs

Ein Christ ruft im Verlauf des Lebens
sehr häufig seinen Pfarrer an.

Doch ruft er ihn an oft vergebens,
es geht ans Telfon niemand ran.

Das geht ihm gründlich auf den Keks;
man nennt es „Kirche unterwegs“.

FEHLEINSCHÄTZUNG

... geschieht ständig. Der blinde Fleck für die eigene Schwäche verführt zu Projektionen, zu Verdrängungen und kuriosen Abwehrmechanismen. Man schließt von sich auf andere oder sieht in ihnen jene Schwächen, die man selber hat, aber nur ungern zugibt.

Helfersyndrom

Ein Christ verdrängt den eignen Schatten
und will zu heilen sich gestatten
die Wunden bei den andern Leuten,
die seine eigenen bedeuten.

Und jeder Dienst, den er erweist
am kranken Menschen, der verheißt
Vermeidung seelischer Verletzung
durch Flucht vor Auseinandersetzung.

So darf der Kranke nie gesunden,
sonst brechen seine eignen Wunden
von Neuem auf und er muss eilen,
den nächsten Kranken dann zu heilen.

Projektion

Ein Christ geht stets mit Hut und gern
zum Gottesdienst am Tag des Herrn.
Das sieht sein Nachbar, und der ist
kein praktizierender Sonntagschrist.
Und der wird schuldbewusst gebissen
von einem kleinen Rest Gewissen,
und folglich sagt er frechen Mutes:
„Der geht nur wegen seines Hutes!"

Spiegelung

Ein Christ bekämpft mitunter still
im andern, was er selber will:
das Gute, das er ihm nicht gönnt,
weil der ihn übertrumpfen könnt;
das Schlechte, weil es ihn als Christ
oft anzieht, doch verboten ist.

Dann wieder will er eigne Sünden
im andern gerne wiederfinden,
den er dann zu bekehren sucht,
was als Erfolg er sich verbucht.
Und so bekämpft der gute Christ
mal, was er wünscht, mal, was er ist.

Blind

Ein Christ, der von Geburt an blind,
verliebte sich ins Nachbarkind,
das nicht sehr schön;
jedoch, das konnte er nicht sehn.

Erst, als ein Freund ihm's sagte, da
erstarb die Liebe und er sah
sie jetzt mit andern Augen an.
Wie Wissen so schnell töten kann!

Vorurteil

Ein Christ erkennt, von Not gedungen,
dass jedes Urteil, das man spricht
noch vor dem Jüngsten Weltgericht,
ein Vorurteil ist, notgedrungen.

Selbstmitleid

Ein Christ bedauert sich von allen
am meisten selbst ganz fürchterlich.
Er ist von Selbstmitleid befallen
und wähnt das Schicksal gegen sich.

Ihm scheint das Leben unerträglich,
und wie gelähmt ist auch sein Blick
für das, was Gott ihm schenkt tagtäglich.
Er sieht es nicht, er blickt zurück.

Schuld sind die andern, diese Bösen,
meint er in seinem Zorne blind.
Und statt Probleme nun zu lösen,
verharrt er wie ein trotzges Kind.

Doch schuld daran sind nicht die Schranken,
die Gott ihm in die Wege legt.
Es sind die Negativgedanken,
die er so ichbezogen pflegt.

Das Gerücht

Ein Christ soll nie Gerüchten traun,
die so gewisse Leute braun.

Denn erstens fehlt das Fundament,
die Quelle, die man selten kennt.

Und zweitens glaubt man schließlich noch,
es gäb ein Körnchen Wahrheit doch!

Und drittens ist der Inhalt meist
beschämend und besonders dreist.

Vor allem aber denk daran:
dass ein Gerücht Gericht sein kann.

Gottes Wülle

Ein Christ, von einem Wunsch erfüllt,
betrachtet das als gottgewüllt;
dies geht nun schief und ihm wird klar,
dass es sein eigner Wille war.

Drum sieh dich vor, sonst machst du gern
den eignen Wunsch zum Wunsch des Herrn.

ZEIT

… ist Geld, sagt man. Und da viele kein Geld haben, haben sie auch keine Zeit. Oder ist das umgekehrt? Oder hab ich was falsch verstanden?

Eile mit Weile

Ein Christ, zur Zeit ganz ohne Zeit,
bedauert die Vergänglichkeit
der Zeit, an der er leidet
und der er das ankreidet,
was ihm grad fehlt: die Zeit.

Und während ihn der Umstand quält,
dass ihm die Zeit fast ständig fehlt,
verspürt er Langeweile
in seiner bangen Eile
und Inhaltslosigkeit.

Doch der Gedanke, was er tat
dran ändern, kam ihm viel zu spät.
Er tat das Unvermeidliche
und segnete das Zeitliche.

Haben sie einen Termin?
RRRR

Der letzte Termin

Ein Christ, als Manager bestellt,
hält viel von sich als Mann von Welt.
Er reist viel rum
und hat auch drum
Terminkalender als auch Geld.

So reist er nun von Stadt zu Stadt,
vermählt mit dem Kalenderblatt.
Doch diese Hast
wird ihm zur Last,
die böse Konsequenzen hat.

Da schlägt die Uhr soeben zehn.
Sein Herz schlägt nicht mehr,
das bleibt stehn.
Sein Herzversagen einzutragen,
vergaß er – hat's wohl übersehn!

Paradoxon

Wir sparn zur Zeit ne Menge Zeit
und kommen doch nicht allzu weit
mit Flugzeug, Auto, Internet,
weil in der Jagd nach Schnelligkeit
die Zeit sich rasch verzehrt
und nicht vermehrt.

Wir reden viel in dieser Zeit
und kommen doch nicht allzu weit
mit Talkshows und mit Diskussion,
weil die TV-Geschwätzigkeit
mit vielen Worten nagt
und gar nichts sagt.

Wir kontaktieren viel zur Zeit
und kommen doch nicht allzu weit
mit SMS und mit dem Chat,
weil die Beziehungslosigkeit
ganz unverbindlich wählt
und Quoten zählt.

Das Vorhaben

Ein Christ will künftig während der Wochen
stets einmal fasten und deshalb aufs Kochen
fast ganz verzichten. Am Freitag beginnt er.

Der Freitag kommt und auf einmal find er
den Plan mit dem Fasten nicht mehr so toll,
geht zum Kühlschrank und schlägt sich voll.
Da fängt sein Gewissen an, ihn zu belasten,
und er schwört, nächsten Freitag zu fasten.

Alle Jahre wieder

Ein Christ singt laut und äußerst fromm:
„Emanuel, o komm, o komm!"
Und denkt an die Geburt im Stalle.
So singen im Advent fast alle
und meinen es nicht wirklich so.
Denn wenn ER morgen käme, oh,
sie würden sagen: „Herr, versteh,
wir sind nicht vorbereitet, geh
und komm im nächsten Jahre wieder;
dann singen wir dieselben Lieder:
O komm, o komm, Emanuel!
Doch lass dir Zeit, komm nicht so schnell."